［澳］彭妮·奥尔森 文　［澳］朗达·N.嘉沃德 图　陈小凡 译

你看见 我的蛋 了吗？

国家图书馆出版社

哎呀，
有个蛋不见了！

打扰了，玛吉、马特，
你们看见我的蛋了吗？
它是一个绿色的蛋，
又大又硬。

艾迪，
我们没有看见
你的蛋。
我们的蛋比较小，
上面还有许多斑点。

你好，艾拉！
你看见我的蛋了吗？
它是一个绿色的蛋，
又大又硬。

我没有看见你的蛋。
我的蛋软软的，不像你的蛋那么硬。

莉齐，
你看见我的蛋了吗？
它是一个绿色的蛋，
又大又硬。

没有，艾迪。这些是我的蛋。
我的蛋比较小，
可你的蛋很大很大。

菲奥娜，
请问
你看见我的蛋了吗？
它是一个绿色的蛋，
又大又硬。

真抱歉，我没看见。
这些是我的卵，它们很小，是白色的，
中间还有一个小黑点。

苏西，
你看见我的蛋了吗？
它是一个绿色的蛋，
又大又硬。

没有。
我有太多自己的卵需要操心了。
所以，我把它们都装在这个
丝做的袋子里。

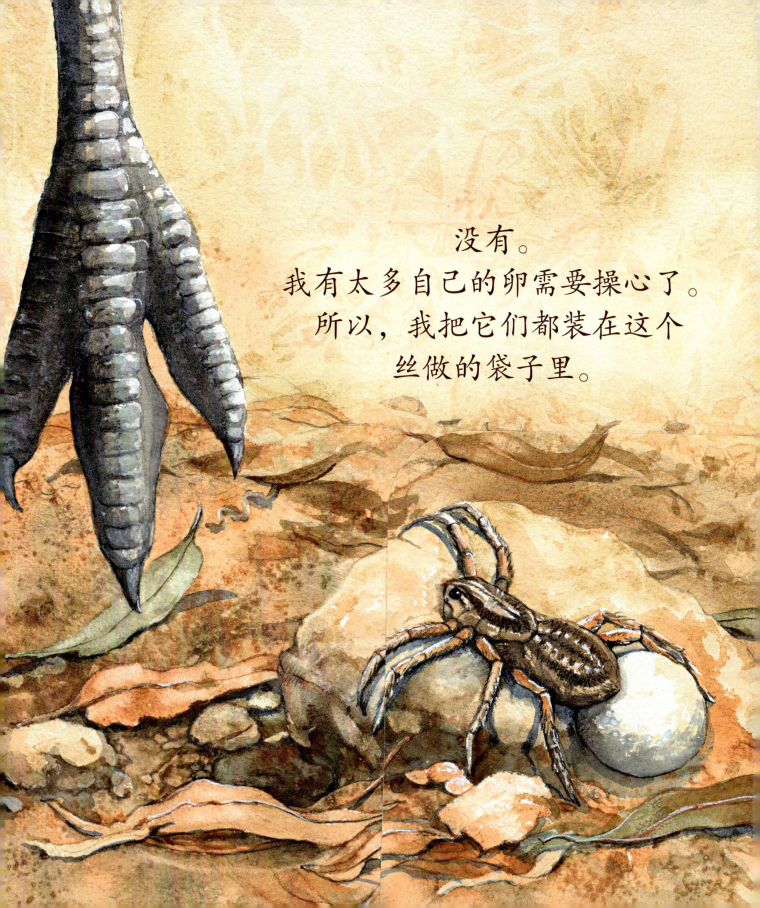

亲爱的塞莱娜，
多么希望你看到过
我的蛋呀！
它是一个绿色的蛋，
又大又硬。

没有，艾迪。
这些是我的卵。
他们只有一丁点儿大，
卵壳还是透明的。

康妮，
也许你看见过我的蛋。
它是一个绿色的蛋，
又大又硬。

没有。这些是我的蛋，
和你的一样大。不过它们是白色的。

桑迪、桑迪，
你看见我的蛋了吗？
它是一个绿色的蛋，
又大又硬。

没有，艾迪。
我的卵是棕色的，
看起来像海藻。

泰西，打扰了。
你看见我的蛋了吗？
它是一个绿色的蛋，
又大又硬。

没有，我这儿没有绿色的蛋。
我的蛋都是白色的，而且比你的蛋小多啦。

皮普、波佩，
你们能帮我找找我的蛋吗？
它是一个绿色的蛋，
又大又硬。

真抱歉，艾迪。
我们帮不了你。
我们必须留在这儿
照看自己的蛋。

你好，哈里特。
我丢了一个蛋。
你看见它了吗？
它是一个绿色的蛋，
又大又硬。

没有，艾迪。
我没看见
你的蛋。

你为什么不回家
去照看其他的蛋呢？

嗯，那个不见了的
蛋会不会也孵出
小宝宝了呢……

你知道吗？

鸸鹋（Emu）

冬天，雌鸸鹋（ér miáo）在地上的窝里产下5—11个深绿色的蛋。之后，她将这些蛋留给雄鸸鹋看护。接下来的两个月，鸸鹋爸爸都会坐在蛋上孵蛋。当这些小鸸鹋孵出来之后，它们就会离开鸟巢，但会继续和鸸鹋爸爸一起生活到一岁半。鸸鹋爸爸负责保护小鸸鹋，并将它们带到捕食区，在那里，小鸸鹋会自己寻找食物。

《鸸鹋》（局部） 1963年
贝蒂·坦普尔·瓦特（1901—1992）

鹊鹩（Magpie-lark）

鹊鹩（liù），也称泥百灵。春天，鹊鹩筑窝生产，产下3—4个带有紫褐色斑点的浅粉色的鹊鹩蛋。鹊鹩爸爸和鹊鹩妈妈一起孵蛋大约18天。鹊鹩宝宝孵出来后的18—21天里，鹊鹩爸爸和鹊鹩妈妈会用昆虫和蜘蛛给小鹊鹩喂食。小鹊鹩会和爸爸妈妈共同生活大约一个月，以学习如何捕食。

《鹊鹩蛋》
见：阿尔弗雷德·J.诺斯《澳利亚与塔斯马尼亚地区鸟类的和巢》第2卷（悉尼：F. W.特，1901—1914）图版B.（局部）

《鹊鹩》 1893年
内维尔·凯利（1853—1903

针鼹鼠（Echidna）

冬天或是春天，雌针鼹（yǎn）鼠的肚皮表面会隆起，形成一个简单的育儿袋。她产下一个葡萄大小的柔韧的蛋，并把它放入育儿袋中。10天后，小针鼹鼠孵化而出，从育儿袋中的两个乳区吮吸母乳。针鼹鼠妈妈将小幼崽放在育儿袋中，直至大约8周左右，小针鼹鼠长出棕色的刺，妈妈才将它放在洞里。半岁之后，小针鼹鼠将离开妈妈，开始自己独立的生活。

《针鼹鼠蛋与幼崽》
埃德瑞克·史莱特
见：格雷格·皮尔斯《针鼠》（墨尔本：针鼹鼠书，2002）

东部鬃狮蜥（Easter Bearded Dragon）

春天或初夏，雌东部鬃（zōng）狮蜥会挖一个浅洞，在里面产下10—20个蛋，蛋壳柔软。随后，雌东部鬃狮蜥将落叶与泥土松散地覆盖在这些蛋上，为它们保温。10—12周后，小鬃狮蜥破壳而出，朝四处爬走。在合适的季节，雌东部鬃狮蜥每隔几周就在不同的地方产下一组蛋。

《鬃狮蜥》（局部）
约翰·詹姆斯·瓦尔德（1824—1900）
见：弗雷德里克·麦考伊《维多利亚动物学序论》第2卷（墨尔本：约翰·费雷思印刷局，1890）图版121

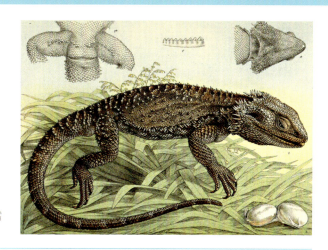

绿纹树蛙（Green and Golden Bell Frog）

绿纹树蛙在较为温暖的季节，即南半球的九月至来年的三月产卵。雌绿纹树蛙将黑白相间的卵产在水生植物上，一次产卵多达数千个。2—5天后，这些树蛙卵就孵化成了小蝌蚪。

《绿纹树蛙》
弗兰克·奈特（1941—）
见：麦克·泰勒和弗兰克·奈特《澳大利亚青蛙概况》
（科灵伍德：CSIRO出版社，2011）

《绿纹树蛙的胶质蛙卵》　2009年
兰斯·杰德
兰斯·杰德授权使用
greenandgoldenbellfrogs.com

狼蛛（Wolf Spider）

雌狼蛛用蛛丝织出一个卵袋，在其中产卵，并将这个卵袋挂在身体后面。为了给蜘蛛卵保暖，雌狼蛛会翻转卵袋，让它接受阳光的照射。蜘蛛卵孵化之后，妈妈将这大约一百只幼虫驮在背上。直到幼蛛开始觅食之后，它们才会离开狼蛛妈妈。

《狼蛛与幼虫》
弗兰克·奈特（1941—）
见：弗兰克·奈特与罗伯特·雷文《揭秘蜘蛛》（新南威尔士：兰登书屋，2000）
澳大利亚兰登书屋授权使用

你知道吗？

庭园蜗牛（Garden Snail）

在温暖潮湿的季节，庭园蜗牛在土里刨出一个小洞。在洞中，它通过头部后方的生殖孔产出大约80个奶白色的蜗牛卵，并用松土覆盖。如果温度足够，小蜗牛大约两周后孵化而出。蜗牛幼虫的样子与成虫差不多，唯一不同的是，幼虫是透明的。再过两周，蜗牛幼虫的壳就变成棕色了。

《蜗牛与蜗牛卵》
©安德鲁·亨利
见：格雷格·皮尔斯《走近蜗牛》（墨尔本：雨树，2005）
安德鲁·亨利授权使用

湾鳄（Saltwater Crocodile）

澳大利亚北部的雨季来临时，雌湾鳄在岸边用泥土、芦苇和野草建一个土堆。一天夜里，雌湾鳄扒开土堆，产下大约50个白色的蛋，蛋壳坚硬。然后，她再把蛋盖好，并在周围守护她的蛋。小湾鳄破壳而出时会发出叫声，湾鳄妈妈听到叫声，便把他们挖出来。随后，湾鳄妈妈将这些小湾鳄含在嘴里，带到水中。接下来的几个月，小湾鳄都将和妈妈生活在一起。

《破壳而出的鳄鱼幼崽》（局部）
詹姆斯·赫斯（1757—1834）
见：乔治·肖《动物学概论》第3卷（伦敦：G.克斯利，1802）第1部分图版57

《浅滩上的鳄鱼》（局部）　1910—1962年间
弗兰克·赫尔利（1885—1962）

澳大利亚虎鲨（Port Jackson Shark）

冬末或初春，雌澳大利亚虎鲨（shā）产下两个螺旋状的深棕色鲨鱼卵。起初，产下的鲨鱼卵是柔软的。雌虎鲨用嘴将卵塞进岩石缝中。此后，鲨鱼卵才变得坚硬。虎鲨卵长得很像一种海藻。有时，你在海滩上能捡到被冲上岸的空的虎鲨卵壳。在繁殖期，虎鲨还将产下另外7对鲨鱼卵。大约10个月后，小虎鲨孵化而出。

《澳大利亚虎鲨卵》
见：弗雷德里克·麦考伊《维多利亚动物学序论》第2卷（墨尔本：约翰费雷思印刷局，1890插图

《澳大利亚虎鲨》
弗利德里希·舍恩菲尔德（约1810—1868）
见：弗雷德里克·麦考伊《维多利亚动物序论》第2卷（墨尔本：约翰·费雷思印刷局，1890）图版113

录海龟（Green Sea Turtle）

在温暖的季节，雌绿海龟会游回自己繁殖的海岸。雌海龟慢慢爬上岸，用后肢在沙滩上刨出一个洞，产下100多颗白色的海龟蛋，蛋壳柔软，圆圆的，像高尔夫球那么大。雌海龟用沙子覆盖这些海龟蛋后，又游回大海。大约两个月后，小海龟在夜里破壳而出，直接爬向大海。

《沙洞里的绿海龟蛋》
www.istockphoto.com
iStockphoto #18874834

《绿海龟》（局部）
詹姆斯·赫斯（1757—1834）
见：乔治·肖《动物学概论》第3卷（伦敦：G.克斯利，1802）第1部分图版22

小企鹅（Little Penguin）

雌性小企鹅一年产一次蛋。每次生产，雌企鹅都会在巢穴里下两个乳白色的企鹅蛋。小企鹅爸爸与小企鹅妈妈轮流孵蛋，6周后，小企鹅宝宝破壳而出。爸爸妈妈去海里觅食，捕捉回鱼类和乌贼，反刍后喂食给小企鹅宝宝。8—10周后，小企鹅宝宝就会自己到海里捕食了。

《企鹅之境，小企鹅》（局部）　1844年
约翰·古尔德（1804—1881）

《男孩，女孩？》（局部）
1929—1931年间
弗兰克·赫尔利（1885—1962）

家鸡（Domestic Chicken）

母鸡在窝里产下大约12个蛋后，便开始坐在蛋上孵蛋。孵蛋的头几天，母鸡会定期翻蛋。大约21天后，鸡宝宝破壳而出。在鸡宝宝小的时候，鸡妈妈会照顾它们，并把它们领到有水和食物的地方。在数周的细心看护后，鸡妈妈失去了照顾鸡宝宝的兴趣，又开始继续生蛋了。

《为毛茸茸的小鸡而骄傲的公鸡和母鸡》
见：《农家宅院里的朋友》（墨尔本：潘塞恩，1940年代）

《草堆里的三个鸡蛋》
www.istockphoto.com
iStockphoto #12961438

图书在版编目（CIP）数据

你看见我的蛋了吗？/（澳）彭妮·奥尔森（Penny Olsen）文；（澳）朗达·N.嘉沃德（Rhonda N. Garward）图；陈小凡译 . -- 北京：国家图书馆出版社，2017.6

（国图绘本花园）

书名原文：Have You Seen My Egg?

ISBN 978-7-5013-6090-1

Ⅰ.①你… Ⅱ.①奥… ②嘉… ③陈… Ⅲ.①儿童故事—图画故事—澳大利亚—现代 Ⅳ.① I611.85

中国版本图书馆 CIP 数据核字（2017）第 097153 号

北京市版权局著作权合同登记号：01-2016-9046

Have You Seen My Egg?

by Penny Olsen; illustrated by Rhonda N. Garward

© National Library of Australia 2013

Chinese translation copyright © National Library of China Publishing House

书　　名	你看见我的蛋了吗？	
著　　者	［澳］彭妮·奥尔森 文　　［澳］朗达·N.嘉沃德 图　　陈小凡 译	
丛 书 名	国图绘本花园	
责任编辑	邓咏秋	
特约编辑	王　玮	

出　　版	国家图书馆出版社（100034　北京市西城区文津街 7 号） （原书目文献出版社　北京图书馆出版社）	
发　　行	010-66114536　66126153　66151313　66175620 　　66121706（传真）　66126156（门市部）	
E - mail	nlcpress@nlc.cn（邮购）	
Website	www.nlcpress.com →投稿中心	
经　　销	新华书店	
印　　装	北京金康利印刷有限公司	
版　　次	2017 年 6 月第 1 版　2017 年 6 月第 1 次印刷	

开　　本	787×1092（毫米）　1/8	
印　　张	4	

书　　号	ISBN 978-7-5013-6090-1	
定　　价	39.80 元	